山人蔡羽著

愛日亭記

秦淮之上爲青　溪於南朝爲謝尚、江總宅今　壤多窊濕宜蛙魚茅竹望之墟落也顧憲長之第值焉割其南少許作小園爲亭名以愛日方終養也夫偉若臺榭椆若亭館自謂擅方隅之勝然知者不樂賢者不與徒張徒勤於何資何得是圃也進不盡二十步博過之翼以方亭因溪之窊累磚焉短垣長圍不鏤不采因　位而爽因墟而暢蔭以翠篠縈以雜植時其暇豫鳴禽不驚何賴於偉且椆東橋公晨省甫畢扶鳩道賓坐若翁其中而壽之巵一再行晏晏陶陶天遊無何是所樂有不待於外者矣何天助之以光霽地助之以江山草木助之以丹翠禽魚助之以翔泳而公之孝道日尊德耀彌遠無意于臺閣而時方歸仰于于閒閒於其中必有得也無賴而有得園亭雖小天趣在矣矧今海內之豪集南都者日俛首下風咸願有請于公發歎於是亭者又日湊也以爲勝乎不勝乎

獨坐記

時棄客休秋水五日而枕大澤之山山之麓有樓焉可與水南之山對時作而息十日而神凝夫用之不在我昔非多也藏之不在人今非少也顧碌碌勤動若可鄙焉而誠不足恠是於義有不容已而余何心

哉槳一壺醨一豆時一俯仰蘇息終日今日之山昨日之人也倏晦而明倏霽而陰花一華矣綠一丹矣今日之人昨日之山也物一消息事一去來怠或主消去或主來欣欣而至俛俛而歸是十日之變也而可以盡天地之終始身有自立事有自出巍乎煥然得其地則充其職是可偉也而吾無所預曰付之而已滅吾景室吾軒俾吾不爲天下膏是可憂也而吾無所喪曰愛之而已是故憂天下甚重而得失甚輕直喪而物實喪而名今之標榜天下之大醜也不是憫顧是慕吾爲是詩飲未半徹豆請書

消夏灣記

山以水襲爲奇水以山襲尤奇也載襲之以水又襲之以山中涵池沼寬周二十里舉天下之所無奇之又奇消夏灣是也灣去郡城且百二十里春秋昔吳子嘗從避暑因名消夏自吳迄今垂二千年遊而顯者不過三五輩其不爲凡俗所有可知已湖之峰莫大於包山山之峰莫大於縹緲峰高不知其幾里足褱五十里有畸也峰之南水道三十里爲若溪其弗能與若溪參者諸巒抱其外也若之舟北行三十里以求縹緲峯其弗能與峰直者亦諸巒爲之拒也四面峰巒交萃獨以一面受太湖中虛如抱甕其南列門闕焉由門闕東西盻西爲龍頭山其次爲小洞庭爲石蛇爲含爲蕪爲鼠鬬之石不得而名焉東爲大小明月灣爲石公爲澤爲厥爲三山不得而名焉明

月之灣其背爲梭山厥土墳壚厥産林禽鴨脚櫻椎柚秭梨栗龍頭之背爲圻峰厥土白礫厥産玉石盧橘中消夏之腹印浮其上乍有乍無爲衆安之洲帆落洲上則四面環合爲屏爲翰聳妍效謫以與縹緲朝拱峰之巔有草無木其麓多木無草丹宮梵室蒙蔽林靄鍾鳴鼓應然後知仙釋之廬魚行鳥過形影交徹帆翔其上而莫之知避也夫地既異而處甚僻信乎遊者之難至矣鄒使移而置之附郭則撰壺觴綵車馬者日不暇給尚日不暇給豈獨凡吾灣哉人將樵樵亭劒負以趨萬物失所矣夫造化無意者也設是灣如有意鬼神之能不得而與非冥契其事孰能樂之於戲非唯世之人不得而樂灣之人亦莫得而樂也予世居灣上有所獨得私志之

遊石蛇山記

龜黿龍蛇之山大抵皆花石之材嵌者空竅㵎者廉利然皆不於山之腹特出于波濤龜黿龍頭皆負林麓走飲于湖惟蛇山爲不然當太湖之西北背龍頭而迎風濤截乎大洋故境愈險而愈奇世少得而觀焉正德巳巳清明日與客放舟龍頭西踰小洞庭還見聚落十餘家爲烏沙井厥石萬狀恍恍焉洞洞焉緣于巑岏不敢摇動然去蛇山尚十里客請乘東風之便乃從烏沙井解舟溥石蛇之東遥見大石劃下若有門闕而無人蹤顧其勢尚阧水尚急舟不能停緣壁里許則山之陽也岸始舒水始緩若有里墟而

無火煙鳥嬰獸窟以竄其間者大抵皆採石之人厥崕維廬厥坎維炊厥寢維磯以漬以飲惟石之宜始舟人與岸人見護通語言而沙詰潬未可卒進投竿測之視岸人指指止行焉始獲登登其丘山空地虛舉足有聲躡其巔梯斷石滑側身而不獲前復舉帆去則山之西麓矣壁愈高石愈奇若芙容開花魚龍蜿甲上者羿列下者橋卧隱隱波底者不可窮狀所見既異而境復迂僻由是鎖舟壁下環卧涯滸客皆引滿載歌晨徂而暮忘返夫蛇山拳石耳其勝顧出龜黿龍頭之上余與去甚邇而平生不聞其勝一日跨波濤觸煙霧獲覩其奇則古之不言石蛇而言龜黿者有以也噫物愈奇則遇愈難余志石蛇之奇俾好奇者覽焉

遊石蛇後記

山林之與臺閣其味不相堪非止甘苦也間有勉嗜之者得之必不深與之必不能相忘惟太傅王公則不然去臺閣投山林釋軒冕憩泉石若返故踐貞曾無纖芥耳與目惟恐其不遠情與度惟恐其不廣一日聞濟陽蔡羽言石蛇之奇欣動不已即其歲己巳之臘八挾小舸載輕麾奮發乎消夏灣之上以羽佑座貳之以扣舷之客緣大小明月灣絕流西去瞬息而造蛇山簫管一鳴林谷振響山精水恠潛匿而不敢出乃與客冥搜乎巖穴循環乎谿澗扶揺乎梯磴之間高駕乎洪濤之上以吐納煙霧履峭絕跨蓁莽

與徤夫爭先而公不知倦於是水聲洋洋萬籟俱和通乎耳矣東過雲溪西過夫椒通乎目矣仰周八表俯接九淵通乎度矣鼉呼而鼈讙羽翔而鱗集通乎情矣山不必高王公一践之三萬頃之勝可以撫而有也雖老於山林曾不如又何嫌於臺閣日欲落公手剥石衣書名于壁而去蔡羽記

聞德齋記

袁子竣事淮南之冬懷雪封君考新宫于郭西有橋焉曰聞德袁伯子邦正以名齋廣不踰丈竹庭其面可讀可休可酌客四三而已矣余謂通玄妙合廣大以虚不以形以待子不有餘乎吳之德莫泰伯若世興其風也矧伯仲人人玉頡諸朝仁諸里泰伯仲雍

之道不於是乎釀吾不信然則聞有大於是

有竹記

世俗之有可以有紈綺不可以有布素可以有炎熱不可以有凉澹可以有陵奪不可以有退舍推是有將無不至君子不主形勝主理勝不主物先主德先足然後無慕乎外虚然後能樂其位也故可以有凝寂不可以有煩雜可以有貞素不可以有豪侈可以有琴瑟不可以有鄭聲可以有講誦不可以有放佚推是有亦將無不至若博士陸先生則有竹滕之不足故徑之徑之不足故軒之軒之不足又琴瑟之泉石之仰焉止焉蔭焉聞焉休焉值焉各以時焉得乎竹矣夫體之虚尚矣不離乎巳可以盡天地之量不

出户可以通四海九洲之變在得其養而已世之無害厥養莫如竹陸子有竹人知慕之未諭所以蔡子記

遊石湖記

非高山不能驅吾神非深林不能沈吾思游虎丘之乙日求石湖焉時少雨春盡漲未起舟梗於越來之溪客刺木揭跣始獲登遵岸百步得茶磨之觀音巖間行憩巖中爲間從者至又百步得治平寺之竹林西起茶磨東繞拜郊臺其山皆墻立其腹多佳木美箭望之蔚然深黑治平之林樾也從郊臺東走環突奔聳爲楞伽山顛爲楞伽寺有浮圖插雲中吳西南之鎮也竹林逮楞伽不及五里峻甚多石客始輿負以

升浮圖之前平展百餘步有亭其上曰望湖之亭於是石湖經其陽梅灣出其背左引靈巖右帶吳淞不出十五里林巒疏秀水風清潔生雲之山出泉之谷咸會亭下客始定飲於亭而臨觀焉夫治平深林楞伽高山入其深搜玄鉤僻萬化俱瞑登其高心空目開萬象俱顯於一日之遊而兩極其情四月竹脫節松生花草木灌茂王膏出林與泉俱香服之已暍而神生主人王履約讀書石湖蓋三年矣用能抽其奇與以與客共暮不謀歸而忘其倦則茲遊也王子之功蔡羽記

遊林屋洞記

丁丑五月十一日通府鹽屋焦公備孝豐之警事寧

丁酉五月十一日過浙鹽運使[illegible]

遊林屋洞記

[illegible]記

與以此客先暮不甚歸而忘其倦則茲遊也王子之[illegible]

[illegible]

遊石湖記

[illegible]

且還聞林屋洞之勝期與四三士往觀而羽與時林霖未歛客各求道取疾有頃咸會于洞門天亦霽有小亭與門峙從解冠復釋方袍爲山行裝南行繞丙門出于陽谷之上趺于石壁壁高盡見太湖之境從者曰前有曲巖複下壁攀木行里許次于巖畔自亭逮丙逮陽谷逮曲巖皆五步一石十步一潭嶢嶢焉獸蹲淵淵焉龍伏泉淲淲行樹根攬朽翳去豐草然後得一伸足靈祐道士曰此瓱壇水也壇距洞且十里而南流出于洞門大者成川小者爲潭爲澗用是兹山之樹青葱堅翠少花而多根焦公有山水之趣與客嵌名巖中還至亭下從者已在洞平坂矣靈祐道士習於乘橇橇以先驅洞口微監稍前得夏屋穹

然黑颯然竪毛髮左右請火公命列炬壁間下燭潴滷上照銀屋石鍾倒懸無慮數十夾屋爲石牀丹竈道士曰兹所謂金庭玉柱者也然距石樓神鉦尚遠道士内鳴鉦外奏樂客各據牀脣石鍾仰舐乳穴暑月如盛寒如是者凡幾室而室室不同乃縱左右各爲嚮道或之丙門或之陽谷屏處忽若斷絶而無不穿漏惟之隔凡者久許方有人聲還報火屢滅不能進羽惟兹山大不踰他峰而中包空洞莫知攸際靈威丈人所言有無不可知求諸隔凡以外亦已異已果幽明之境殊豈造化者設者是巧不得而窺耶出洞門日已瞑煑石乳飲訖各謝去

南星草堂記

北發子城東起赤門並南園之墟赤門故堙下有穴與外濠通有溝導滄浪池之水納諸穴不及百步石梁跨焉爲南星之橋余從李生讀書學宮外舍東游以觀平墟至橋而止又從王生讀大雲菴南游以覯平墟至橋而止是川原之會灌木之蹊也過而歎者二十年不知誰之居也嘉靖癸未黃子勉之獲居之曰余以某年著某書於是又以某年著某書於是蓋喜其曠而重其與市違也不煩增築而居然有廬又余之過望也因扁曰南星草堂志橋也余怪古今人志趣不同錢元璙得夷曠則爲池爲館黃子得夷曠則爲治學之計然池館盛而時變相尋故錢氏四易而終於釋子豈若諸學士之風長乎或曰鍾鳴鼎食

之地今爲斷虀之所於黃何取余曰不然使黃子得草堂以明道以其經濟上佐明主於錢氏之施爲奚啻什伯使黃子以其筆鏞和治道於錢氏之鍾鼎奚啻什伯使黃子以其文章光一代其於歌舞又奚翅千萬哉黃子博學好古以詩文名家士之執經言歸者如市今之好學者無是過如余言不難致或曰赤門之間上應文象黃子殆當之乎不可知是爲記

橋梓精舍記

寶應舊惟湖鄉爲運隄以蓄泄緣隄列水門上以殺群湖之悍下以灌淮東之田而旁流委折有谿澗之曰東溪由東溪逝海三百里南通興化北通巖城泛舟東方公私俱便溪行二十里有灣曰橋梓灣龍泉

判簿弥公之業在焉公以灣上之田腴而子孫居閒寡與市交相農課讀聖賢之基既載疆理爰卜精舍禾麻篠簜不植而茂映帶雲水宛然天成於是闢以陂塘旨以朱華次以榆柳面以亭臺附以子池散以閒館蒼蒼蔚蔚阿突奧邃賓之來觀舟浮其陰馬嘶其林高驅則雲霞抗館俯漁則盤溪深潭春居則花谷生香夏處則激流噴薄兎陂合沱聳帶隱見黃城射陽彌望澄潔重青宵白蓋出於尊俎之間而邑之勝槩無或多讓客有難之者曰以子之才為今之用年豈不富而遽老是公曰仕有二有宦達有吏隱非子所知天以其難責之人而人不惟天是棄則進與退一也多取於進者不足於退不足於進退方裕焉

天而已矣人何足道哉客曰古之賢達吏漆園監夷門子其儔乎雖有華軒萬鍾不足以汚子之聽也公四子其次仰之令鄉貢進士公之不為宦達者殆俟仰之乎余與仰之同太學為是記

脩竹館記

竹何宜宜水竹何宜宜月竹何宜宜人人何宜宜玉劉子有碧篔簹十餘焉有紫篔簹十餘焉延之以館厥節暢暢焉厥衣脩脩焉厥氣颯颯焉厥翳踈踈焉以之誦誦宜以之書書宜以飲飲宜以吟吟宜以簫以管以瑟以琴琴瑟簫管無不宜闗焉頹焉洞焉玄焉晏焉興焉瀟焉洒焉栩栩焉皜皜焉無不足冬不扃夏不扇秋不掃春不剪止猶行也近猶遠也實猶

虛也離猶合也凝猶神也而劉子與之俱化方其水在庭月在竹劉子偃然在中謂之四美苟得其道水如月月如竹竹如人四者合一雖欲不玄關頹洞瀟洒凝妙不可得喪其道水不肖月竹不肖水人不肖竹四者判矣雖欲玄關頹洞瀟洒凝妙不可得然水月之合竹易人之合竹難劉子名稺孫字復孺大參檃園先生之孫名士協中之子合不合未可知如其人秀絜文玉業已築爲之記

曲巖記

由暘谷洞東以北高起千尺衆竅俱闢蒼然壁立曰曲巖巖之名不知厥始題名刻深而文古它石之書曰淳熙戊戌孟冬朔日范至先同弟至能至此蓋文

穆公所遊觀者也洞山全骨無肉巖前土不能畝而人怪甚自巖以觀其下之石若獸怒湍奔踴躍以進至巖而止爲勢急觀其上之石若芙蓉雲霓分布縈繚職巖而峙爲態舒急者恒若有所負足不得停故行愈力舒者恒若有所待客不忍釋故居愈久夫造物之設有玄探必有顯覽曩入三洞顛倒貫穿莫究厥底玄之又玄於此見造化之秘有不得而發者及登是巖几臨東山藩繚吳江長洲大沙重復尊俎煙帆雲鳥隱見方丈吞吐則宇宙有餘放蕩則溟海不足於此見造化之度有不得而際者余嘗奉躅群公歲月有事終以爲艱弗敢居余弟師古樂居之蓋求艱而過奇者也曰吾終築於是請爲文作曲巖記

方塘記

帶郭之水莫大於胥河郭外之山莫美於西南諸峰北阻新河南負洞涇挽胥塘而望西山陳氏之新圃在焉翳灌莽者疏鑿不備無以通清明之氣樂墟衍者登眺不高無以納玄遠之象之二者游觀之所急也子魚陳之嘉子弟也處城郭而趣江湖於其空虛築樓以登則天平朝楞伽拱玄遠者不得而病焉於其薈蔚鑿池以泛則炎暑息秋瀨至清明者不得而病焉既又組竹為門屏卉為垣芙蓉蘋藻冒於波瀾遠嵐浮近翠滴玉鳥至游魚出而賓客之來莫不休休乎忘厥形骸子魚因自號曰方塘焉夫賓客散而林鳥不驚寒暑過而琴書不出非其地與人不克也

歌淇澳濯滄浪詠綠水激清觴子魚之得於塘久矣他日適性既成耳目捐棄塘之蘊吾不得而窺也茲以記子魚之細

林屋集卷之十三

山人蔡羽著

登縹緲峰記

滙三州以爲澤水始大中五湖以爲鎮山始尊然三州之利不同而形勝亦異不歷其尊未易偏也而尊莫尊於縹緲峰其陽空虛無梯可至西爲晉陵水最大山最遠第四峰臨之特親第四峰之於縹緲猶人之掉右臂北歷三嶠以由西而東踰莫里以窺吳江秦家嶺臨之最親秦家嶺之於縹緲猶人之出左臂北爲姑蘇城穹窿陽山或遠或邇厥疆不齊砂子嶺臨之最親由砂子嶺歷西湖寺躡峰之陰尤近是升峰之三道也然客終以艱危爲病常中陟而罷還於

所親以求三方寧隘寧鬱寧受屏蔽而五湖之觀鮮克周徧正德庚辰十月之望中山湯子重太原王履約履吉客余之明日得第四峰之道輿舁以進蓋踰時而造厥巔也遊於空虛忽見大水下求千巖莫知所在客巳有懼色矣居頃獲詢三州之形如螺如黛隱映煙際可以意求難以形辨然東北隱起非河非虹可指者靈巖浮屠也北爲無錫其入最深可臆者陽羨諸山也西方不究厥始然下山獨親南屬苕霅可接餘杭武康霅以東不得而擬矣於是三州始合象緯始親客始吐隘去結消釋孿蔽混元支離浮乎澒洞覽乎杳冥超然萬仞之表矣時冬氣肅甚日白無色密邇天路非人宜居各杖策去蔡子記

酌鹿飲泉記

環玅香堂高下皆蓊林大麓百尺之潭千尺之崖離立走拱坐限兩目南爲連閣瞯湖若灣〻梭山最長昇蔽厥外南招雪川東降莫里在二十里内莫之能通有磵行左右或合或分冬夏不絶盛則壞木偃竹奪道以去若决隄破防莫遡所以庚辰之清明從客求鹿飲泉去玅香西北遵阜升降遂陟青磵緣水八九里谷路不絶澗之形遂細過竹塲山水鳴地中矣竹塲之北不及二里巖谽地展有廢廬之基二設榻巖曲穿井洑道訪諸僧莫諭厥始豈古所謂避世人不然劉根之流也緣厓屈折厥道遂阧隆然雲中不見其末大青之山也乃提策勾石踣荆棘崛煙霧三

分大青之一鹿飲泉在焉由是超泄凌遠絶畢邇高縱之爲天目斂之爲莫里舉之爲浮玉按之爲苕霅鳥興之洲帆落之鄉俯仰指畫咸入尊俎梭之大僅如一縷矣鹿飲之量不勝二甁而竅山成川洑流幾里三周玅香之堂浮諸橋梁厥源邃哉客有荷畚至大青者再沸水益甘洌請爲記

石湖草堂記

吳山楞伽茶磨並緣於湖茶磨嶼爲尤美北起行春橋南盡紫薇村五步之内風景輒異是茶磨使之也上爲拜郊臺下爲越來溪緣溪曲折旋入山腹其林深黑治平寺也夫登不高不足以盡江湖之量處不深不足以萃風煙之秀於其所宜得而有之草堂所

以作也夫平湖之上翳以數畝之竹匡谷之間曠以泉石之位造物者必有待也使無是堂則遊焉者不知其所領倦焉者不知其所休是湖與山終無歸也辛巳之秋今

天子踐祚之初治平僧智曉方謀卜築事與緣合乃諸文士翕至賛助經畫不終朝而成明年改元嘉靖王子履吉來主斯社爰自四月縮版盡六月九旬而三廡落成左帶平湖右繞群巒負以茶磨拱以楞伽前却脩竹後擁泉石映以嘉木絡以薜蘿翛然群翠之表於是文先生徵仲題曰石湖草堂王子輩以記來屬夫湖勝也尤萃於茶磨茶磨之勝則以能容深林也尤深於茲竹則是堂也勝將焉讓且地微人雖靈奚傳人微地雖高奚發嚮也山猶是湖猶是竹猶是而遊不兼息息不兼遊人與地得無病今也林不加闢地不加升而湖山在函丈禽鳥在尊俎游於是息於是暝觀霽覽集於是人與地不亦皆遭乎喜二者之遭作石湖草堂記

茶鼎記

茶鼎銅質高不滿尺足爲方箱高寸五分箱上束而腹張高三寸口微反旁作兩耳獸文而隆爲梁以舉可眂起腹容黑薪二升爲鐵牀以行爐於箱箱三面彌竟一面爲戶以納風戶之上繫鏁用則啓扇以衔鏁冶之歲不可知近見於王子履約履吉氏王子方以文章顯名而酷好飲茶其暖茗藏器別爲斗室匋

煮火功斷湯反釜多不拘陸羽所傳特出新意融通其法而色香滋味近年無有及者余嘗與王子遊金陵憩石湖恒奇其善茗訪之笑而不答丁丑十一月余病煩惡彌月忽自林屋入吳城過王子觀其煮茶再飲而煩滌用是知王子敏於爲文嘗有渴思留意於茗厥功不細已再訪之王子曰金陵高氏樓治平竹林凡以是物也因憶吳中舊有茶具出盧氏其鼎洪武間獅林僧所造與蔡君謨建盞同傳考厥制與王氏鼎不謀而肖又吳中善茗者曩稱狄扁王浚之延陵吳嗣業今其法皆出王子下豈清勝奇絶之事遂萃於一耶王子固歸功于鼎因記之

人日登樓記

性通無樂性通無憂性通者不忘乎物故無樂不梏乎物故無憂今夫包山之間消夏灣勝消夏灣之間玄秀樓勝山顧而水旋萬物高下日爲之後去月爲之先至也樵歌其户漁行其几鼎鼎乎其不倦欣欣乎其不自知也黄落過朱華續鼠石小大山巨而各極其趣也涉夫板入荆溪盡溧陽之瀨水不知其幾千萬重而一日之舟可造由歸烏趨建業山不知其幾千萬重而諸縣之雲可見然皆近也游於耳目之内者也若夫心空意圓洞照冥漠飛焉則上得乎天潛焉則下得乎淵開落兮得乎四時往來兮得乎彼已進退焉得乎盈虚語默焉得乎消息會古今于一瞬合四海于一闥而千千陶陶各得其理均樂均憂

悅合四海于一闥而千[illegible]各得其[illegible]古今[illegible]樂[illegible]致

[illegible]遂[illegible]言[illegible]千[illegible]盡[illegible]得[illegible]自會古今[illegible]十一[illegible]

[illegible]者[illegible]則[illegible]不[illegible]落[illegible]千四時[illegible]來[illegible]于天

[illegible]其[illegible]重[illegible]以[illegible]頭[illegible]而[illegible]上[illegible]得平日之

千[illegible]重而一日之者可[illegible]國叢山不知其

于[illegible]其[illegible]也天於人制義華[illegible]陽之[illegible]木山[illegible]其[illegible]

[illegible]其不[illegible]白[illegible]也[illegible]其[illegible]來[illegible]乃[illegible]小[illegible]山[illegible]而[illegible]

之[illegible]乎[illegible]猶[illegible]而[illegible]其[illegible]不[illegible]不[illegible]

[illegible]愛[illegible]山[illegible]水[illegible]其[illegible]日[illegible]又[illegible]後[illegible]月之[illegible]

乎[illegible]物故[illegible]今大[illegible]山之[illegible]間[illegible]夏[illegible]不[illegible]之間[illegible]

[illegible]性[illegible]通[illegible]也[illegible]于[illegible]物故[illegible]樂不[illegible]

[illegible]記

四

人曰王于且法皆出王于鼎圖記之

一[illegible]今[illegible]又[illegible]中[illegible]書[illegible]清勝[illegible]王之事

[illegible]林[illegible]物[illegible]中[illegible]言[illegible]同[illegible]出[illegible]王[illegible]之[illegible]

其[illegible]以[illegible]已[illegible]其[illegible]中[illegible]王[illegible]高尺[illegible]其[illegible]

[illegible]而[illegible]月[illegible]自[illegible]全[illegible]文[illegible]有[illegible]思其[illegible]

[illegible]重[illegible]自林[illegible]人[illegible]文[illegible]于[illegible]月

今[illegible]其[illegible]而不[illegible]不[illegible]十一

其[illegible]而[illegible]有[illegible]而[illegible]合[illegible]與[illegible]一[illegible]金

[illegible]其[illegible]不[illegible]所[illegible]出[illegible]音[illegible]

孫罔克相礪力至卓立勤苦誠意感動則皆出於洞章也正德已巳洞章念施與之人與同勤苦謀立石以言于後里人崔廷憲嘉之持礱石請文爲次其本末并列人氏于陰俾後之人有所考

婚喪亭記

禮通於鄉黨不拘於朝廷其大者有四而賓客之盛居二冠講於庭祭主於廟無問途之交婚有于歸之文喪有引車之威而賓交於途矣山高水潔以族其間廠里庬美而有方數十里之道途馬車搖搖人徒揔至以送以逆以息以佇苟無其物則雨風卒遽寒暄勞苦將焉用虞蔡之先有仕宋爲秘書郎者建炎南遷長子維孟寔居包山垂四百年而子孫昌大里

不能容判爲幾鄉而西蔡之宗最舊西巖先生維孟之十三世也憫二禮之不詳謀作婚喪亭落于成化辛卯玉石爲柱㮰柟爲梁西東北南各十餘步高可以建麾節寬可以受百夫陽瀕於湖陰屬大道蔡之數十戶南居而環亭處其心由是賓客之來車停其傍馬休其阜衣冠有度觥斝有文仰無風雨行無卒遽勞苦有慰得爲寒暄而二禮之行始暢一鄉之人於其暇日以風以咏出餞飲至社酒之事罔不用集而亭之用始廣先生字景東號西巖通五經所著有太湖志西巖集以子貴封溫州同知平生視義不愛絫藏亭之作一也嘉靖戊子宗人慮其敝也謀于孫羽而新之因立石爲記

雲巖記

余子居上饒問其世自宋丞相余公堯弼巳居上饒上饒公所食邑也邑多名巖秀谷余氏萃焉然有先余子而勝者有待余子而勝者上瀘層巒雲巖崔嵬泉甘而壤疏厓壁繡絢怪石巑岏嶼焉滸焉皆禽魚竹箭之區先余子而勝者也曰聽泉駐足之亭曰凝翠越石之號曰乳泉之石曰得山之居梯空檻寒出于品位遊于物表水石雲霞得效厥奇穀樹薪蒸得致厥美待余子而勝者也先余子而勝者非余子無以發後余子而勝者非余子無以守余始奉余子于國學之門又奉之六館人皆曰雲巖主人清之遠器也因其請爲之記

桂亭記

勲舊之家種德于前嗣承于後其人愈賢則其業愈光明威將軍徐子君叙中山王六世孫也質朴類山林布衣厥勤類經生厥養類耆儒宿士以其家下人則於今無所類凡京兆之爲縉紳大夫者莫不譽其賢嘉靖乙酉羽在甘泉先生門下一日君叙至奉以侍甘泉甘泉愛之退以見同列同列愛之處於外舍外舍之友環相向不忍釋子是以知譽之者非過也先將軍海雪公有園亭之雅堂前老桂三本植自先世厥陰數畝百年物也是秋羽得爲君叙客即其園解榻二十日時三花盛開日奉言笑晨夕薰沐徐子韻度秀遠終不能測間屬羽曰是堂先人所作即所

謂海雪軒也子所館即退思菴也越柱以臺巍然高起擠以樹石望雲臺也夾臺以亭左曰虛心志學也右曰桂亭志先也子得無言乎予聞嘆曰人以物況物以人守繼志述事存乎其孝一燕息焉弗忘厥親於是乎益不可及矣且德之美者馨香遠詩曰貽厥孫謀以燕翼子海雪公馨香誠不在物然寓於物者君叙得而領也志桂亭其無意乎亭去菴數十步朝夕可仰客之日秋霽澄潔紅葩繚垣翠竹羃戶夏荷秋萱狼籍亭下寒泉鳴于檻中珍禽宿於葉亞余因得親承厥休吐納光景郁杏之氣日渙以滌夫始而得其賢既而得其孝又乃獲與其風物至於變化脫略桂亭之益可少乎是爲記

延月亭記

月於萬象無私然非虛不形許子延章之墅岀崖袤川委南北饒曠爲堂爲屋爲庄爲樓爲門爲橋爲圃爲場以人勝者也柳有溪雪有岫松有麓花有嶼竹有園菁有浦以地勝者也然皆不足於虛許子不歸以月於曲塘之渠則曰延月夫與天通者水也其德惟虛而巳矣月得之則晶靈之則形下上俱晶波空俱明雖欲異離不可得巳松麓當庄西南塘緣之里許其來長矣亭其渚以延東南之月其爲境界可想也夫月實而水主也故延月必以水水實而亭主也故延水月必以亭亭實而人主也故延月之亭每難其人許子左有圖右有史前有琴瑟有壺矢以樂賓客

有古器象以滌几鄙月之未來主人勝矣方月之來圖可玩也史可誦也琴瑟可鳴也壺可觴也矢可躍也賓客可吟咏也以此延月不爲徒然然皆延以形也若夫内則玄凝外則虛明冥寂之中萬化不扃則無圖而玩無瑟而鳴無觴而樂無賓而勝矣是則許子之延於心者也故厥景常靈與月一德許子號之豪傑以太保東涯公之蔭拜前府都事弟兄皆登進士爲顯官門第冠一時顧其趣所在人品可知書以記

碧筠精舍記

天王寺洽南洲爲精舍竹二畝池倍之閣十尋軒五竹之一客之造南洲先於軒次竹次池次閣還休於

軒古器彝像充焉暑之月池於濯竹於巾窓於書席於琴於奕閣於風酒食之會則於軒其霽也池明竹明窓明席明軒明而閣又極明城中之臺榭城外之雲山皆在閣其晦也池暝竹暝窓暝而閣亦暝聞蘋藻之聲竹之韻而已余之卧是軒也當壬午六月洞心澄覽則得之池焉洒襟聰颯毛髮則得之竹焉細書昏誦則得之窓焉憑空御遠觀中吳之氣雲物之變則得之閣焉憇息舒卷守神則得之軒焉彌月居得已多使終身居之得又何如也書以爲碧筠精舍記

石湖草堂後記

形無大小在全其趣而已趣無古今在領之而已東南之形勝萃於吳大者震澤洞庭穹窿鄧尉小者虎

丘石湖爲壤不同全其趣則一也禹貢所志周禮所載吳越居先孫錢居後高人閒氣騷士鍾靈故范蠡蟫蜕甪皓鴻冥淞陵發響白傅登臨矧茲近代之賢獨得於形迹之外者乎石湖范文穆歸休之地形視震澤百之一而趣自全當楞伽之北茶磨之南其岡可踰中半而作夫差之郊臺也緣臺而却還顧茶磨進退之間可以憩息治平之竹林也王子輩作草堂其竹王子輩方攤卷散帙挹芬茹芳用歠泉石陶歠之四年爲嘉靖丙戌二月余𫎇繫舟溪口休其楹戴風煙咨將無事入世者然經綸獻納周孔之實用至于科第又細細也迹雖高能遂忘乎以吳之勝湖得其小矣湖之勝竹得其小矣然而皆全焉湖之觀非楞伽之亭不獲盡至於風雨不侵人聲不至巖巒巑岏陰翠蒙翳暑多其凉雪多其煦晨作暮休飫心醉睇以爲亭克之乎微是堂將無歸夫夫差騁其巔句踐闘其下文穆館其間適意不同而皆有所領謂今日之領不在諸子吾不信也雖然堂之外山光水色萬象朝夕之變而已堂之内寒翠滿室而已若夫可以景得不可以景窮者别有在也諸子當自知之作後記

復古齋記

張子將爲齋請於其師曰文元不喜浮沉於時與藏俱藏與化俱化志有所慕朝夕一廬廡以寄也蔡子曰志遠者寄近在古得其古而已羲象軒圖古也乃

不得其古允之戈垂之矢商之彝周之鼎宣之鼓古也乃不得其古曰厥病何居曰群后肇端會通以神授受以精曠百代而無故新均是癖也誦古之訓考古之器集古之文按古之圖晨則見古人於几席夕則遊古人於夢寐其神在也非不誦古之訓考古之器集古之文按古之圖親之則無門見之則無期其神亡也復古而神存得其古矣否則何古之得曰然則圖器其虛乎曰心養内也氣養外也彼氣習之移人甚於聲色而可不慎乎思欲脫凡近遊高明顧日從事鄙俗將以神會古人不可得也思欲脫凡近遊高明而古子以心處子以圖籍相子以先哲之文藝雖不神會古人不可得也然志至焉氣次焉子無多

玩用損厥志今之復古者蔑汝加勉諸

磬泉記

隋都梁宮在盱眙縣都梁山其陰高聳名第一山傍爲杜家山當杜家之側有泉焉石壁之刻曰磬泉不究厥始夫高山之下必有名泉其靈者領於人東南之山莫高盱眙隋作離宮蓋選於是泉之貴久矣刻以章之是泗之泉莫靈於磬也山川所以秀乎類者也人材所以勝山川者也故磬泉之靈至陳子而始領謂陳子之趣待泉而得不可也謂其趣不發於泉不可也夫朝遊其畔夕挹其上盤桓乎竹松舒嘯乎山谷志不加通慮不加遠物於泉者也乃朝遊其畔夕挹其上盤桓舒嘯之間志得之益通意得之益美

臨得之盖開結得之盖吐靈於泉者也秘千載而不遇於人待之至也遇於人而名聞天下得之深也夫濬泉之源泄泉之汚載疏載導達於淮沱用則尚矣濬子之源滁子之舊日新月盛達於天下自用當何如哉夫泉明德也雖作用不同厥體常潔反身克已求見本然者得於泉矣易曰井渫不食言遇也又曰寒泉食言試也君子居則潔涓體明志神也麗澤取益美同類也膏澤下於民德施普也故居則養其泉以待人出則揚其清於天下故非其人不領也子才聰明特達志存經濟籌筆之間藻思逸發承先司寇少保公之蔭累左府經歷揚厥清自茲始鑒于王明當丕光祖烈予辱友籍作磬泉記

林屋集卷之十四

